KB124090

문학과지성 시인선 602

초록의
어두운 부분

조용미 시집

문학과지성사

문학과지성사에서 펴낸 조용미의 시집

삼베옷을 입은 자화상(2004)
나의 별서에 핀 앵두나무는(2007)
기억의 행성(2011)
당신의 아름다움(2020)

문학과지성 시인선 602

초록의 어두운 부분

초판 1쇄 발행 2024년 5월 8일
초판 3쇄 발행 2024년 8월 9일

지은이   조용미
펴낸이   이광호
주간   이근혜
편집   방원경 허단 김필균 이주이 윤소진 유하은
마케팅   이가은 최지애 허황 남미리 맹정현
제작   강병석
펴낸곳   ㈜문학과지성사
등록번호   제1993-000098호
주소   04034 서울 마포구 잔다리로7길 18(서교동 377-20)
전화   02)338-7224
팩스   02)323-4180(편집) / 02)338-7221(영업)
대표메일   moonji@moonji.com
저작권 문의   copyright@moonji.com
홈페이지   www.moonji.com

ⓒ 조용미, 2024. Printed in Seoul, Korea

ISBN   978-89-320-4274-9 03810

이 책은 서울특별시, 서울문화재단 '2023년 창작집 발간 지원사업'의
지원을 받아 발간되었습니다.

문학과지성 시인선 602

초록의 어두운 부분

조용미

시인의 말

　위태롭고 불안한 실존이다.

　모든 시간 속에 있는
　찰나적 영원성에 대해 생각하게 되는
　전혀 새로운 봄이다.

2024년 5월
조용미

초록의 어두운 부분

차례

시인의 말

1부

분홍의 경첩

연두의 돌쩌귀와 분홍의 경첩을 단 네 짝 여닫이문을 열고 그가 안쪽으로 들어왔다

한 사람만 허락할 수 있는 능수벚나무의 작은 방이라면,

띠살문의 불발기창으로 어른어른 사람들 지나는 기척이 났다

분홍의 주렴 안에 우리는 서 있고 연둣빛 리본은 봄비처럼 두 사람 위로 내려왔다

새잎과 꽃잎 섞인 긴 가지가 눈동자를 잠시 흔들었던 순간을 두고

당신과 나는 능수벚나무의 바깥으로 나왔다

분홍의 자객이 이듬해에도 찾아올 거라 당신이 믿고 있어 이 봄은 더욱 짧아졌다

초록의 어두운 부분

빛이 나뭇잎에 닿을 때 나뭇잎의 뒷면은 밝아지는 걸까 앞면이 밝아지는 만큼 더 어두워지는 걸까

깊은 어둠으로 가기까지의 그 수많은 초록의 계단들에 나는 늘 매혹당했다

초록이 뭉쳐지고 풀어지고 서늘해지고 미지근해지고 타오르고 사그라들고 번지고 야위는, 길이 휘어지는 숲가에 긴 나무 의자가 놓여 있고

우리는 거기 앉았다
고도를 기다리는
두 사람처럼

긴 의자 앞으로 초록의 거대한 상영관이 펼쳐졌다 초록의 음영과 농도는 첼로의 음계처럼 높아지고 다시 낮아졌다

녹색의 감정에는 왜 늘 검정이 섞여 있는 걸까

저 연둣빛 어둑함과 으스름한 초록 사이 여름이 계속되는 동안 알 수 없는 마음들이 신경성 위염을 앓고 있다

　노랑에서 검정까지
　초록의 굴진을 돕는 열기와 습도로
　숲은 팽창하고

　긴 장마로 초록의 색상표는 완벽한 서사를 갖게 되었다

　검은 초록과 연두가 섞여 있는 숲의 감정은 우레와 폭우에 숲의 나무들이 한 덩어리로 보이는 것처럼 흐릿하고 모호하다

봄의 정신

한발 늦게 도착했다
살구나무에

살구나무 높은 곳에서 꽃들이
벌겋게
타들어가고 있다

나도 저런 적 있었지 옆에서
라일락이 쓰라리게 돋아나고 있다

한발 늦는다는 건
부재를 부르는 것

살구나무는 재가 되어가는 마음을
숨기지도 않고
드러낸다

꽃 진 살구나무 대신
살구나무 그림자를 유심히 본다

살구나무 그림자에 누군가의 마음이 어룽댄다

꽃 진 살구나무에 봄의 정신이 있다고
믿는다
옛사람처럼

살구나무 그림자에 내 다리를
얹어본다

바람은 내 그림자만 떠내어 흔든다

흔들리지 않는 살구나무 가지에
봄의 정신이 있다

노란색에 대한 실감

이 울렁거림과 편두통은
저 나무가
오늘 너무 고요하기 때문일까

당신이 언제나 규칙적이어서 내 말에 깊은 이해 없이
섣부른 답을 해서 세상이 시끄러워서는 아니다 변종 바이
러스 때문은 더욱 아니다

왼쪽 뒤통수 끝부분은 내 머리의
한 부분이 아닌 것 같다
긴 바늘을 찔러 넣을 때만 내 것이 된다

갑자기 까마귀 떼가 우르르 나타나 이 도시를 휘저으며
날아다녀도 이상하지 않다 큰부리까마귀가 왼쪽 머리 끝
부분을 쪼아 먹어도 안 아플 것 같다

소리가 있을 테니까
비명이 없을 테니까
검은색과 소리는 섞일 테니까

오로지 두통이라는 세목에 근거하여 인간을 이해하고
싶은 밤이다

　죽단화가 바람에 흔들리면서
　노란색이 마구 번진다
　저것도 영영 아름답지는 않구나

　머리가 잘게 쪼개어지며 보는 노란색들이 울렁거린다
두통은 나 대신 색채를 뚜렷하게 실감한다

다른 장소

머위는 나의 탄생화
꽃봉오리를 그늘에서 말리면
기침약이 된다

다른 장소를 걸을 때마다
각각
다른 것들이 기다리고 있었다

중력이 공간을 휘게 하는 것처럼
당신이
나의 세계를 변화시켰다

페트병에 표백제와 물을 채워
1리터의 햇빛을 만드는
간절함이

창을 휘게 만든다

언제나 생백의 달이 가장 밝아 보이는 건

막 시작된 사라지려는 의지의
가열함 때문이다

우주에 갇혀 사라지고 있는
빛처럼 우리는
희미해지고

태산목은 갈색 털이 많고
높은 흰색
향기를 준다

다른 장소에 도착할 때마다
각각
다른 감각이 필요하다

금몽암

이곳의 들숨과 날숨, 이곳의 밀물과 썰물, 이곳의 마음과 마음, 이곳의 한기와 온기 사이

또 어디에 내가 자주 머물렀더라

어떤 때 네가 어느 쪽으로 약간 더 기울어지는지 알아차리는 첨예하고도 심심한 그 일이 좋았다

금몽암에 들어
파초잎에
시를 쓴다

잠을 잘 수도 꿈을 꿀 수도 없다면 이 별은 전생이 분명하니 그만 건너뛰기로 한다

무수히 많은 곳에서 무수히 많은 욕망과 아름다움이 잠복해 있다 우리를 다치게 한다

금몽암에 들러

알록달록한 달리아를

꺾어

다음 생을 준비한다

다친 자국마다 죽은 사람들의 몸에서처럼 하얗게 꽃이
파고들었다 달리아는 혼처럼 나를 대한다

검은 맛

입에서 검은 것이
흘러나왔다

검은색 안에 붉은 것이 있다

검은 것이 생겨나 입술까지 다다르고
아픔이 느껴지기까지

이상한 차이가 있었다

조금 후에
피 맛이 났다

피 맛은 배타적이다

나를 전적으로 요구하는 이 단호함이
마음에 든다

꺼멓게 씹은 자국이 나 있는 곳을

거울에 비추어 본다

붉은색은 혀의 모양을 하고 있다

여름의 저녁은 수국의 빛으로 어두워지기에

수국이 비를 몰고 온다

이마를 짚어보고 수국 앞으로 간다 슬픔이 아닌 비를
몰고 왔기에 몸은 없고 감각이 앞섰다

밤의 진불암, 머리맡의 빗소리에 방문을 열면 큰 수국
이 후두둑 희미한 푸른빛을 내뿜었다

수국이 비를 내리게 한다고 믿은 적 있다

누군가 알아보지 못할까 봐 그 사랑은 자주 색깔을 바
꾸었다 아나벨 로사리오 블루스카이 인더레인

수국이라는 나라에서 부쳐 온 등기우편은 얼룩진 날짜
속 어디쯤을 떠돌고 있는지

진심을 다른 마음으로 숨기고 수국은 자꾸 피어났다 장
마는 그치지 않는다

여름의 저녁은 수국의 빛으로 어두워지기에 마음이 단
순해졌다

격벽

과거가 돌이킬 수 없이 달라지려면 현재가 얼마나 깊어
야 하는 걸까
얼마나 출렁여야 하는 걸까

피사로의 그림 속 나무들처럼
서 있는 겨울

색채를 만지면 감정이 자라난다

붉고 푸른 색의 나무들처럼 가만 서 있어도 천천히 끓
어오르는 온도가 있다

언젠가는 마음을 만질 수 없게 되는 날이
오고야 만다

방사선이 지나간다, 머문다,
없다,
냄새도 색도 형태도

아무렇지도 않다

시간이 지나면 구토를 한다 안개상자를 만들어 그것의
흔적을 들여다볼 필요가 없다

과거가 돌이킬 수 없이 달라지려면 현재에 깊이 들어가
야 한다
풍덩풍덩

붉은 대나무

온몸에 멍이 들었다
붉은 대나무를 지나는 동안

멍은 검은색으로 자라니까

오죽이 아닌 적죽의
둔감한 통증이다

푸른색에서부터 바다 근처에서 생겨나는
거무스레한 색을 거쳐
내륙으로 들어오면

붉은색으로 자라나

내게로 와 결국
검은색의 멍으로 안착했다

붉은색의 강렬함이
내 영혼에 작용한 것인지

강철 파이프로 만든 대나무라는
물성에
내 몸이 반응한 것인지

모든 색의 온도를 감지한다는 것은,

무수히 많은 신비한 공간들이
알 수 없지만

존재하는 것을 느끼는 것과 같은 감정일까

어떤 장소들은 사람을 필요로 하지 않는데도
우리의 영혼은

그곳으로 끌려들어 가고

클라우스 수사 예배당처럼
타고 난 검은빛만 남았다

식물의 기분

무언가 나를 기다리고 있는 비 그친 뒤의
숲으로
우산을 두고 갔는데

누가 부르는 것 같았는데

그게 저 수없이 겹겹 총상꽃차례로 피어 있는
만첩빈도리일 줄은

더듬더듬 아는 덜꿩나무 근처로 갔는데 꺼끌꺼끌한 그
잎을 그냥
만져볼까 했는데

빗물에 번쩍이는 초록 잎들의
숨을
나도 쉬어볼까 했는데

흰 털 보송한 종 모양의 꽃받침
길게 나와 있는 암술머리의 연두색

여린 붉은색 줄기가

이제 마주 보는 얼굴이 되었다

모든 세부적인 것을 알아차리는 마음은 어디서 오는
걸까
나뭇가지 아래 들어 흰 꽃들을
올려다본 순간

속눈썹에 빗물이 떨어졌는데

매화서(書)

몰라보게 수척해졌다

여러 해 먼 길 찾아와 그 아래 서 있다 돌아오곤 했던
한 그루 매화나무
멀리서 보기에도 야위었다

한 해 거른 사이 가지가 잘려 나가고
듬성듬성 빈 곳이 많아지다니,
허연 버짐이 멍처럼 덮였다

근처 어린 매화는 많이도 꽃을 피웠는데
내 아는 오래된 나무는

대낮에도 어둑한 그늘에 든 것처럼
환한 기운이 사라졌다
꽃잎이 희끗희끗 겨우 돋아나 있다

내후년쯤 다시 오면 나를
알아볼 수 있을까

안아볼 수 있을까

나무가 나의 병을 근심한 걸까
내 얼굴 어두워

어떤 마음의 작용으로
나무와 나는
같은 기와 색을 가지게 된 걸까

매화와 나는 밝은 그늘이 필요하다

천천히 바라볼 운명이
필요하다

고요한 색들은 어디서 오는 걸까
왜 향기를 데리고 오는 걸까 왜 마음에 와서
꽃받침처럼 겹쳐지는 걸까

2부

작약의 본생담

저 작약의 본을 짐작해볼까

내 앞의 작약은 한때 귀신이었다가 한때 기린이었다가
한때 흰뺨검둥오리였다가 한때 벚나무모시나방이었다가
한때 거미게였다가

어쩌면 나였던 누구였다가, 단공도 부단공도 모르는 크
게 깨우친 자였다가, 공재고택의 향나무였다가

이번 생에 모든 것을 다 이루어 이 고리를 끊으려 했던
그저 사람이라는 이름을 얻은 고독한 자였다가

마침내 확연히 명백한 작약이 되었다 내 앞의 작약이
되었다

붉은 백합

북쪽 그늘로 찾아갈 때마다
향기 같은 독을 내뿜는다

꽃이 피는 방향 따라 마음을 움직인다

옆으로 아래로

나리의 검은 콩알 같은 살눈이 정면을 바라본다
쏘아보는 영혼이다

방문을 꼭꼭 걸어 잠그고 뇌 속으로 침입하는 백합 향
기를 맡으며 잠들고 싶었다

가수면의 밤

오리엔탈 백합, 소르본느, 카사블랑카, 블랙아웃, 스위
트로지, 메두사, 파타모르가나, 매트릭스……

어지러울 만큼 향이 강한 스킨을 바르고 나타날 때

너는 알 수 없는 사람이 된다

옆으로, 옆으로
그리고 아래쪽으로

조금씩 벌어지다 오므라드는 백 가지의 마음

연두의 습관

연두는 바람에 젖으며, 비에 흔들리며, 중력에 솟구쳐
오르며, 시선에 꿰뚫리며

녹색이 되어간다

웅크렸다 풀리며 초록의 세계로 진입하는 견고함이다

초여름 햇살이 개입하는 감정들이
차례차례
나뭇잎을 두드린다

장대비에 튕겨 나간 초록들이 아스팔트에 흥건하다

황금비가 쏟아진 수목원 그늘진 바닥에
신비한 노란빛들이
꿈틀거린다

노랑과 초록의 지층이 켜켜이 쌓인 순간들이라면,

모감주나무의 본관은 연두이기에 환희와 적막이 어긋
나고 마주 보는 잎사귀들을 가득 달게 되었다

물야저수지

사과나무의 어두운 푸른색에 깃든 신비함을 볼 수 있다
면 더 깊은 어둠을 통과할 수 있다

빽빽한 직립의 나무들이 어둠을 끌어당기고 있다 저 나
무들은 저녁의 묽은 어둠에 대해서라면 손금을 보듯 알고
있을 것이다

오늘 밤 가려는 곳의 어둠을 나는 알지 못한다

고개가 시작되면서 노을의 붉은빛이 짙어졌다 주실령
을 넘는다는 건 붉음과 어둠의 농도가 같아지는 시간을 통
과하는 것

이 고개를 넘으면 저수지에 닿을 수 있는 걸까 서벽, 생
달, 낯선 지명들이 노을과 어둠을 휘저으며 빽빽해질 때

장마가 그치듯 물야의 저수지가 나타났다

어떤 어둠은 의지를 가지고 있다

저수지와 저수지 아닌 것들이 한 덩어리가 되기 위해서는 다만 저녁에서 자정까지의 시간이 필요한 것은 아니다

물야의 어둠은 물질이다 어둠이 저수지와 한 덩어리로 변해버린 밤, 눈을 크게 떠도 어둠은 같은 색이다

저수지는 검은색의 감정을 빌려 우울을 감추었기에 가늠할 수 없는 깊이가 되고 말았다

작약을 보러 간다

먼 산 작약
산작약

옆 작약
백작약

저수령 넘어 은풍골로 작약을 보러 간다

당신 없이,

백자인을 먹으면 흰머리가
다시
검어진다

잠을 잘 수 있다

백자인을 먹으면 다시 나의 자리로
돌아간다

측백나무의 씨

운석 같은 열매 속에는

백자인 여섯 알이

가만히

들어 있다

저수령 넘어 은풍골로 작약을 보러 간다

서망(西望)

저녁나절 해무가 끼었다 밤 깊어가며 안개는 마녘에서 노녘으로, 밀려가듯 바삐 또 서서히 움직였다 차갑고 아릿하고 괴이한 냄새가 났다

습습한 바람은 아니었다

마파람이 지날 때면 은은한 종소리가 난다는 종성바위는 어디 있는 걸까 동석산 가파른 바위 아래 천종사에서 천 개의 종소리가 들리는 듯 환청이 일었다

섬의 모든 소리는 안개를 따라 흐르고 파묻혔다

안개를 헤치고 다시 왔다 여러 개의 둥근 종 같은 암릉에 매혹되어, 절벽 능선을 따라가다 보면 종소리를 들을 수 있을까 산 아래 들판과 저수지도 귀 기울이는데

여기서라면 종소리 같은 울음을 토해내어도 괜찮을까

천종사는 소리를 감추었고 석적막산에는 적막이 돌처

럼 쌓여 있다 이 섬에서는 모든 지명을 하나하나 음미해
보게 된다 곡섬, 솔섬, 서망, 팽목구미, 슬도, 맹골도……

  서쪽에서 서쪽을 하염없이 바라보게 되는 곳

  커다란 날개를 가진 아름다운 학이 노을 속으로 멀리멀
리 찰나를 날고 있는 가학리에서 나도 그 붉은빛에 눈이
멀어 훌쩍 뛰어들었는데

  서쪽은 닿을 수 없는 곳

  학도 사람도 돌아올 수 없는 곳 안개조차 소식을 전해
주지 못하는 곳 먼 서쪽에서 들려오는 천 개의 종소리를
나는 듣는다

무화과가 익어가는 순간

비가 큰 새처럼 날아다닌다
큰 새의 깃털들이
옆으로, 위로 흩어지고 있다

바람은 비를 데리고 옆으로, 옆으로

많은 먹구름이 지나갔다
더 많은 바람이 지나갔다 비는 다시
돌아왔다

나는 그 자리다

무화과 열매가 익어가고 있다
시들어가는 것은 무엇인가
고마나루 삶의 발자국은 발톱을 오므리고 걷는다

초록이 바람을 끌고 날뛰고 있다

태풍이 위서처럼

어지러이 날아다닌다

나는 큰 새의 그림자를 덮고 있다

산책자의 밤

 불을 끄고 누우면 낮에 본 작고 반짝이는 것들이 붕붕 날아다닌다

 광택이 나는 검은 바탕의 등 양쪽에
 빨간 점을 두 개씩 가지고 있는 무당벌레는
 어떻게 날아다닐 생각을 했을까

 애홍점박이무당벌레는 붉은색 둥근 무늬가 두 개, 문학 관의 내 방에서 함께 지내고 있는 것들은 등 위와 아래쪽 에 각각 두 개

 소리를 내며 날아다니는 저것은
 천장에 붙어 검은 점처럼 보이기도 했고 얇은 책 귀퉁 이에서 올라갈지 망설이다 노트북 아래로 방향을 바꾸기 도 했다

 세계가 나를 이런 방식으로 바라보고 있을 리는 없는데

 저 작고 아름다운 것들이 내가 누워 있는 위에서, 북두

칠성과 오리온과 초승달이 떠 있는 하늘 아래에서
　날고 있다
　그 작은 몸에 날개를 감추고 있었다

　소리는 아주 따뜻하고 어두운 먼 곳까지 나를 데리고
간다

　저 소리를 듣고 있으니 이상하게도 경건한 종교적 감정
같은 것이 생겨난다
　이 감정을 아무와도 함께 나누어서는 안 된다

　무당벌레의 날개와 붕의 날개가 얼마나 다른지 묻는
　냉소적인 아침이 왔다
　누군가 감출 날개가 없는 어깨를 구부리고 어디론가 바
삐 출근을 하고 있는 시간

칼

소리를 지르며
깨어났다

칼에 찔리는 꿈은 내게 무얼 말하고자 하는 걸까

칼이 몸에 들어온 느낌은
처음이었다

계속 꿈속에 있었다면
아주 피를 많이 흘리며 천천히
죽어갔을까

그런 마음은 겪어보았지

칼이 몸에 들어온 느낌으로
살면
좀 나을까

몸을 다치는 꿈속의 기이한 날들이 계속된다

죽으면 더 좋은 꿈이라는
해석은 모호하다

죽을 걸 그랬다
끝을 보고
깨어날 걸 그랬다

소리를 지르며 칼은 깨어났다

봄의 책력

솔수펑이 높드리길 동백숲 해안절벽 어딜 가도 그곳에 당신이 있었소

한나절 청별항에서 보옥리까지 예작도 복생도 기섬을 바라보다 공룡알해변의 매끈한 색색의 둥근 돌을 밟고 지나왔소

길마가지 산자고 부처손 감탕나무 비파나무 만날 때마다 그 눈부심 뒤에 누군가 어른거린 듯하오

부용리 정자리 낙서재 바위 곡수당 앞 물길에서도 당신은 기이하고 다정하게 나의 순간을 나누어 가졌소

참식나무는 새순을 비단처럼 매끈하게 하얗고 보송한 솜털로 피워 올렸소 꽃망울보다 열매보다 더 신비하고 아름답소

예덕나무 붉은 새싹과 육박나무 얼룩덜룩한 줄기가 누군가의 뒷모습처럼 선명하오 누구도 그리지 않고 이 봄을

혼자 왔건만

    엽서는 나보다 느리게 더 천천히 아주 느리게 갈 것이
오 주소를 조금 다르게 적었기 때문이오

불의 숲

그것은 새싹처럼 돋아났다 한 줌도 되지 않았다 바람이
지나다가 한 줌도 되지 않는 그것을 보게 되었다

뾰족뾰족 잎이 막 돋아나고 있었다

연하고 부드러운 새잎이었다 바람이 자그마한 잎들을
쓰다듬자 그것은 쑥쑥 한꺼번에 자라났다

잎을 틔우고 가지를 뻗었다 커다란 나무로 무성하게 자
라나 불의 숲을 이루었다

신이 간섭하지만 않았더라면
어디까지 자라났을지
알 수 없었다

불은 사흘째 내린 비를 다 맞고서야 착하게 따뜻한 방
바닥의 고양이처럼 웅크렸다가 다시

새싹처럼 파릇이 작아졌다

또다시 천년수처럼 자라버릴지도 모를 한 줌도 되지 않는 그것을 골똘히 들여다본다

　죽은 척 엎드려 있다, 시들하다, 언젠가 새벽의 한 줄기 빛이 바람 없이도 저것을 일으켜 세울 것임을 숲은 알고 있겠지

침묵 사제

그는 침묵을 관장하는 사람이다 그의 일은 침묵을 세심하게 관리하기 쉽도록 분류해두는 것이다 그는 침묵을 장악하지는 못하더라도 관리할 수 있다고 믿었다

침묵의 분류 관리 통제는 그의 업무 전반에 걸친 일인데 모든 침묵이 간단하게 분류되는 것은 아니어서 그는 침묵을 맡아 다루는 일에 심혈을 기울여 생의 후반부를 온전히 바쳐야만 했다

침묵은 명령할 수도 없고 강제할 수도 없다는 것을 알고 나서부터 그의 사명감은 약간 헐거워졌다 침묵을 적절히 조정하는 것은 여간 어려운 일이 아니어서 그는 침묵이 점점 싫어졌다

그는 침묵을 규정하여 품목별로 분류하는 데 결국 실패했다 모든 침묵에는 무엇보다 그가 좋아하는 통일성이 결여되어 있어 세부 관리의 효율성이 떨어졌다

침묵의 불합리와 모순은 그에게 크나큰 시련이었다 침

묵은 입을 다물기보다 귀를 기울이기를 원한다는 것도 알
게 되었다

　침묵을 관리하는 일은 무엇보다 완전한 침묵 속에서는
하기 어려운 일이었다 침묵을 관리하는 일은 수많은 침묵
의 소란을 견뎌내는 일이었다

나의 뒷모습

백 년 전 그림 속에 피가 고이듯 익숙한 모습이 있다 나
의 지문 같은 침묵과 공간과 어둠 속의 빛을 생을 다해 읽
어낸 사람

오래전 그의 고독을 내가 숨 쉬었는데

그의 시선이 나의 시선처럼 겹쳐 있는데 나는 뒷모습으
로 서 있고 동시에 그 모습을 바라보는 자이고

공기의 질감을 한 올 한 올 낱낱이 감각하는, 창으로 들
어오는 낮고 서늘한 빛이고

빛과 그늘이 솜처럼 뭉쳐져 있는 정적과 고요라면, 흰
색과 검은색의 짙음과 옅음이라면

수없이 많은 내가 수없이 많은 곳에서 당신의 뒷모습을
어루만진 기억을 아직도 살아내고 있고, 있고

3부

파초잎에 숨다

저 파초잎 아래라면 내 마음을 숨길 수 있겠다
초록이 누적된 길고 널따란 잎을 세워
휘청거리는 몸 감출 수도 있겠다
바람이 파초잎을 찢어놓고 갔다
파초잎 긴 손이 햇빛을 잠재운다

삽목된 마음은 물 빠짐이 지나쳐
뿌리 내리기 쉽지 않다
얼룩도 무늬도 없는 파초잎
잡고 누르면 가느다란 소리를 내며 실처럼 갈라지는
그 소리에 왜
부끄러움을 느껴야 하는가

저 파초잎 그늘이라면 내 마음을 숨기기에 알맞다

롱샹성당

그곳에 들어가면 나도
눈물을 흘리게 될까

창으로 들어오는 크고 작은
사각형의 빛에
찔리며

떠올리는 것이 무엇이든

아무 시름도 슬픔도 없이
거기 롱샹성당에
오래 앉아 있을 거야

여러 빛의 무늬들은 천천히
스며들어 와
내게로

다시 번져나가겠지

빛의 줄기들은 마음이 처음 왔듯
내 얼굴에 가만히 와서
얹히겠지

그 언덕으로, 천천히

부서지고 따스해지는 빛을
만져보며
물결이 일렁이듯

아무 슬픔도 없이

갑자기 눈물을 흘리게 될까
롱샹성당에 나를 데리고 온
신비하고 이상한 그 일이

매핵기(梅核氣)

목에 매실 씨앗이 들어왔다 아니 생겨났다

목에 무언가 있어 뱉어지지도 삼켜지지도 않고 가슴이
답답하다 칠정이 꽉 막혀 생긴 기담이다
기운이 맺히거나 뭉쳐져 명치와 인후 사이에 걸려 오르
내리며 오는 마음의 병

매핵기는 어디로부터 오는가

매핵기로 인해 나를 이해하게 되는 일이란,
목에 가래가 있는 듯한 느낌이 억눌린 감정을 밖으로
표현하지 못해 생긴 심화와 칠정울결이 그 원인이라니

매실 씨앗으로부터 나를 구해내야 한다

매화와 매실 씨앗의 간극에 대한 생각이 많아진 후부터
나는 다소 용감해졌다 하지만
그로 인한 간기울결이 더 심해졌으니

칠정으로 인한 기는 왜 다른 곳이 아닌 목에 와서 몰리고 맺히는 걸까

목이 메기만 하고 울지는 못하는
매핵이 있으나 없는, 이런 매화의 쓰임새는 기이하다
씨앗은 내 속에서 자신의 꽃나무를 생각하고 있는 걸까

매화의 모든 것에 반응하는 마음과 몸이 되었다

숭어

숭어가 뛰어오른 것 같다, 견딜 수 없다

눈동자가 순간을 정지시킨다
한낮의 햇빛이 잠시
숭어를 검은 물고기로 보이게 했다

멀리 작고 검은 새가 물을 가르며
솟아올랐다

흰동백과 수선화의 그늘이 숭어를 끌어당긴다

빛의 각도가 손톱만큼 달라지고
숭어가 다시 뛰어올랐다
흰숭어 보리숭어 가숭어

몸이 근질근질한 숭어들
펄쩍펄쩍 뛰어오르고
명멸하는 봄빛이 바글바글 끓어오른다

두 손을 공손히 펼치지도 않고
너를 이렇게 받아도 될까
눈을 감지도 않고

차갑고 깊은 코발트빛에 몸을 비빈다

무엇이 이토록 견딜 수 없는가
더 높이 뛰어오른다
눈이 부셔 앞이 캄캄해지는 순간

우리는 허공에서 서로를 마주 보고 있다 긴 순간

초록의 성분

높은 가지 흰 꽃들 뭉클뭉클한 저 아까시나무로부터 일곱 발자국, 깊은 초록을 꼭짓점까지 끌어 올린 나무의 박동은 내 심장 소리보다 낮다

처음인 듯 저 꽃의 열락과 맞닥뜨린 나의 심장은 무겁게 뛰는데 향기에 덜컥 호흡이 가빠진 것인가

숲의 가장자리를 뚫고 들어오는 빛의 뾰족한 줄기들이 나를 포위했다 어둠과 빛의 무늬를 수없이 반복하는 패류 화석층 같은 긴 띠들

빛과 대치 중인 내 몸은 앞뒤 다 캄캄하여 이 숲의 화려함과 섞이지 못한다 이 봄 초록의 성분은 왜 나의 고난보다 희미한가

쏟아지려는 뜨거운 피를 지그시 누르며 나는 일어선다

나무의 심장은 연약하다 나는 내 무용한 뜨거움을 조금 덜어내어 나무에게 준다 나누어 가질 수 없는 것을

푸른 불두화의 머리가 하얗게 변해간다 덜꿩나무 흰 꽃들은 작은 침이 잔뜩 꽂혀 있는 제 심장을 허옇게 뒤집어 보인다

이 숲의 구조는 봄이 지나면서 뇌의 구조만큼이나 복잡
해진다
　초록의 불안은 희미하여 숲에 든 사람의 영혼을 완전히
장악하지 못하였다

분홍의 감정

고택 연못 앞의 분홍매와 허공에 매달아놓은 구근베고니아들이 숨겨놓은 마음을 부추겼다 흰 베고니아 꽃잎의 가장자리마저 같은 마음이다

그 오래고 먼 절의 고목 능수벚나무도 곧 공중에 수많은 분홍의 음표를 드리우겠지

베고니아 논스톱핑크는 장미의 형식을 빌려 왔지만 잡념이 없이 고요한 마음에 이르렀다

분홍의 감정을 제어하기 힘든 누군가 베고니아 꽃말에 기대어 새 품종을 만들었을 때,

손발이 쉽게 어는 사람처럼 약한 추위에도 잎은 노랗게 변하지만 물과 가까이 있어야 하는 분홍이다

베고니아 일루미네이션의 노란색조차 분홍과 겹쳐 보이는 봄의 감각이다 슬픔도 기쁨도 아닌 봄이라면 이젠 퍽 멀리 온 것이다

테라스의 포석들

보고 있는 것을 생각으로 옮기지 않을 수 있을 때
강력한 내면을 가지게 되는 걸까

겨울은 기억의 잔상으로 채워지는
침묵을 통과하고 있다

비유가 가장 긴 봄을 감당하길 바라는 것,

봄 뒤에 겨울이 다시 오는 것을
견디는 것,

말한 것을 생각으로 옮기지 않을 수 있을 때
유연한 내면을 가지게 된다

　침브로네 테라스의 포석들 위에 가만히 엎드려서 나는
대리석 위에서 춤추는 빛을 내 속으로 스며들게 하고 있
었다 나의 정신은 그 투명함과 그 저항의 유희 속으로 가
뭇없이 빠져들더니 이윽고 고스란히 회복되었다 나는 모
든 지성을 혼미하게 만드는 바로 그 장관에 내가 참여하

고 있다는 느낌을 받았다 어떤 탄생은, 나 자신의 탄생을
목격하는 느낌이었다*

　그는 무엇을 획득했을까
　1924년의 그가 내 앞에 있었는데 나는
　그걸 기억하지 못했고

　테라스에 도착한 그 순간부터 나는
　다른 방식으로 존재하기 시작했고

　무언가 획득했다

　이 문장을 읽은 25년 전의 나는 2015년 9월 그 장소에
가게 되고
　돌아와 무언가 쓰게 된다 그다음
　2022년 이 세 가지 사실을 알게 된다

　밑줄을 그어놓은 문장은 처음 읽는 것 같고, 내가 쓴 것
같고

그는 햇빛이 춤추듯 일렁이는 날
테라스에 갔다

눈에 선하다는 말을 떠올려본다
그 뒤에
겨울이 다시 온다

생각은 야수와 같다 쓰면서
잡아먹히는 줄도 모른다

입안으로 들어가면 위액이 천천히 흘러나오는

기이하고 커다란 세계가
기다리고 있다

그 세계가 우리를 신비한 아름다움과 연결해준다 비밀
없이는 아름다움도 없다는 것을 알게 해준다

＊ 장 그르니에, 『섬』, 김화영 옮김, 민음사, 2020.

카보베르데

    세자리아 에보라와 바우가 아니더라도 가보고 싶은 곳 카보베르데, 카보베르데라고 말해보면 이상하게도 손바닥에 슬그머니 녹색 파스텔이 묻어나는 것 같다

    카보베르데, 포르투갈에서 배를 타고 북대서양을 건너 그곳으로 가야지

    바를라벤투, 소타벤투, 산티아구, 프라이아…… 혼자는 아니고 누군가와 함께, 이번 생에서는 가지 않을지도 모르겠다

    가난과 바다뿐이어도 좋다

    파스텔을 사면 연두와 초록이 가장 먼저 닳아 없어지곤 했지 그땐 초록보다 푸른색을 더 좋아했는데도

    카보베르데, 녹색의 곳이란 이름이 무척 마음에 들었다 프라이아의 해변에서 무엇을 할지는 생각해두지 않으려 한다 그곳에선 시간이 멈춤멈춤 할 테니

모르나와 파두를 들으며 영원과 하루가 어떻게 다른지 감각해봐야지

다음 생까지 이 마음을 기억할 수 있을까 누군가 사랑하는 이가 나타나면 큰 숨을 쉰 다음 먼저 이렇게 물어봐야겠다 함께 카보베르데로 가겠어요?

귀

귀퉁이에도 귀가 내장되어 있을까
보이지 않는 귀가 붙어 있는지 살펴볼까
귀퉁이에도 귀의 청력이 있을까
귀퉁이는 모서리,

몸에 납작하게 붙어 있거나 볼록 드러나 있는
귀는 뾰족하지 않고 모나지 않고
둥글다
둥근 소리들이 잘 들어오는 귀

물소리, 메아리, 종소리, 다정한 말들이
탄식이, 둥글둥글 도르르
굴러 들어온다
미역귀처럼 많은 귀를 가졌더라면
예민한 귀를 가진 너는 매 순간 기절했을 테지

빗소리에 오래 마음을 빼앗기는 일도
일어나지 않았을 거야
바람은 어떻게 미로 같은 귓속으로 들어올 수 있을까

모든 안테나들이 다 뾰족하다면 이상할 거야

우리의 귀는 둥글다
귀 안으로 들어온 바람과 소리는 먼지처럼
안개처럼 햇빛처럼 설탕처럼
조금 뾰족해지지 이른 봄의 새싹들처럼

나선형 계단

왼쪽, 시계 반대 방향으로 올라가게 되어 있다 몹시 좁다 돌 틈으로 겨우 빛이 들어온다 익숙지 않은 방향의 나선형 계단, 회색 구름 낮고 풀리아 이 지방 이름을 중얼거려본다

장미의 이름이라는 수도원 장서각을 만들게 한 신비한 공간, 내 손에 쥐어진 공기도 두근거린다

사다리꼴 모양 늑골 궁륭의 여덟 개 방이 완벽한 황금 비율이라는 건, 태양이 2층의 모든 방을 하루에 두 번 정확하게 통과한다는 건 튜니카의 색이 어두울 수밖에 없는 것과 같은 걸까

팔각형의 컴컴한 중앙 정원의 비어 있는 곳에 많은 것이 있다 하늘은 좁다 이런 곳에 괴이한 성을 지으려면 완벽함에 집중할 수밖에 없다 나는 당신을 이해한다

나선형을 천천히 내려오며 반대 방향의 기하학을 풀어본다 이전으로 다시 돌아갈 수 있을까

굵은 비가 흩뿌렸다 서둘러 성을 빠져나오며 뒤돌아본
다 무언가 남아 있다 반대 방향은 내가 나인 것을 확신할
수 없게 만든다

초록색 의자

어제와 가까운 곳에서 피어나는 모든 식물들은
왜 그렇게도 붉고 부드럽고
뜨거웠을까

꽃들의 침묵이 속삭임으로 변하면서 내일이 왔다 초록
색 의자에 앉아

꽃대를 뚝뚝 부러뜨렸다
꽃들을 구하기 위하여
내일의 꽃들을 보살피기 위하여

악기들은 소리 대신 불안한 향기를 내뿜는다 사방으로
향기를 퍼뜨리며 검고 푸른 꽃들은

공허하게 피어났다
뚝, 뚝, 향기를 꺾는
어제와 가까운 곳의 어둡고 다정한 손가락들을 비웃
으며

침묵이 속삭임으로 변하면서
원치 않는 일들이 일어났다
식물들의 향기와 소란을 견딜 수 없다

나의 초록색 의자는 너무 낡았다

린네의 식물원

북위 59도, 밤 10시가 지나 겨우 노랗게 변하는 지구 북쪽의 달
린네의 식물원을 헤매는 것이 나의 일이다

대성당에서부터 웁살라대학까지,
도착한 순간부터
아는 이를 본 것 같은데

노란 아카시꽃이 린네의 학명 표기법처럼 주렁주렁 매달려 있다

다가서보니 린네의 동상이 아니었고
린네의 식물원은
너무 넓어 안 보이고

린네 식물원은 내가 도착하는 시간에 문을 닫았다

린네의 식물원은 모든 식물이 다 있을 것 같은데
나의 방은 오래

가지런한 식물 분류의

그림 속 린네의 식물원에 있었다

린네의 식물원,이라 말해보면 언제나 거기에 나의 방이
있는 듯했다

식물이 없는 텅 빈 삶
식물이 없는
열대 온실

린네의 식물들은 오래전 나의 방을 찾아 헤매고 있다

거위의 수명

마당도 넓은데 왜 거위를 가두어둘까 거위는 내가 나타
날 때마다 꺼억꺼억 시끄러운 소리를 낸다

드문드문 나타나서 그렇다 매일 거위를 보러 오기에는
봐야 할 다른 것들이 너무 많은, 거위 울음소리 뒤에 숨어
야 할 일을 만들지 않기로 한 가을

난 거위 털 침낭도 패딩도 없으니 거위 요리 또한 먹지
않으니 네 친구가 될 만하다 거위의 평균수명은 40년 너
의 나이는 아마도 그쯤

밤이면 거위 두 마리가 있는 곳으로 올라간다

거위는 나를 가끔 보기 때문에 갈 때마다 꽉꽉 소리를
내며 밤의 고요함에 흠집을 낸다 선생*도 한밤에 거위들
앞에 우두커니 서 있곤 했을까 그가 키우던 거위

오리온자리가 크고 또렷하게 내려와 있는 밤, 달이 안
보이는 어둑한 밤에 거위를 보러 간다 어떤 슬픔도 이겨

낼 수 있는 겨울이 다가왔다

　네게는 아무도 뽑아 가지 못할 깃털이, 청정 허공 찰나
탄지 수유를 거쳐 여기까지 온 깃털이, 4백 4천 4만까지
살고 죽고 살고 또 살아야 할 날지 않는 깃털이

　먼 그때에도 달이 안 보이는 밤 누군가 자꾸 나타나면
내게 들려준 기이한 이야기들을 그에게 들려줘

　마당도 넓은데 거위는 왜 우리에 들어가 있는 걸까

　거위는 귀신도 놀라게 한다 오래 살아서가 아니다 사람
의 슬픔을 관찰한 시간 때문에 이상한 통찰력이 생겨났다
밤마다 그는 찾아오고

　* 소설가 박경리(1926~2008).

4부

꽃다발

장미는 완고하다
묶여 있는 장미들은 고독한 늑대 같다
향기를 내보내는 데도 인색하다
리본 묶인 비닐을 걷어내고 화병에 꽂아도
묶여 있던
장미들은 내내 완고하다

절대 꽃잎을 벌리지 않겠다
봉오리 끝에서부터 까맣게 말라간다
쭉쭉 물을 좀 빨아들여봐
물을 뿌려도 갈아줘도 요지부동이다
피지 않는 장미

매일 물을 갈아준다
붉은, 연분홍 장미들아 왜 피어나지 않는 것이냐
물을 먹으며 말라가는 장미들은
꽃다발의 과거를 가지고 있다
물빛이 탁해졌다

은행잎이 머리 위로 떨어질 때

몸에서 떨어져 나가는 것들은 다 어디로 가는 걸까
움직일 때마다 슬그머니 한 올씩 떨어져 내리는
머리카락

머리를 감을 때, 빗질을 할 때, 머릿결을 쓸어 올릴 때,
은행잎이 머리 위로 떨어질 때

어느 순간 머리카락이 나를 떠나고 싶을 때
슬며시 달아난다
움직인다 긴 머리카락은

가만히, 나를 놓아준다

대체 손에 쥐고 내 것이라 말할 수 있는 것이 있는가
속눈썹이 달아난다
한 달에 한 번은 손톱 발톱도 그들의 표정에 따라 몸의
바깥으로 보내주어야 한다

어린아이들이나 젊은 여인들이 그토록 쉽게 나이 든 여

자가 되어버리는 이유를 이제 조금 알 것 같다

시간이 내게서 달아나니 별이 죽는 이유를
달이 닳아가니
그들이 명왕성을 버린 이유를

늙은 여인들은 살결이 늘어나고 말라가고 노여움이 많
아지고 마음이 줄어들고

새들은 아침마다 악기를 물고
멀리멀리
달아나고

머리카락은,
자는 틈에 베개 밑으로 미끄러져 내리는 모든 것들은
손이 닿지 않아도 손이 닿은 것처럼

사막의 형식

천년을 두 장의 잎사귀로 살아가는
웰위치아처럼

내게 떨어지지 않고 죽지 않는
잎사귀가 있다

처음 생긴 일들이 모여
일생이 된다

알지 못했던 사막의 기후가
몸으로 변하는 일

사막의 습관이
일생이 된다

생활에 연둣빛이 부족할 때
과카몰레를 만들어 먹는다

아보카도와 양파 토마토 라임을

으깨고 다지고 섞어

알지 못했던 과거가
현재가 되는 일

사막의 습관 때문에
일생을 헛되이 보내고

두 장의 잎사귀는 그저
죽지 않을 뿐

찔레꽃이 데려갔다

못이 줄어들었다,
아기가 사라졌다

아시터도 작아졌다,
살랑살랑 봄바람이 부는 저물녘이었다

못 둑길도 짧아졌다,
등불을 밝히고 산속을 뒤졌다

옛집은 허물어진 탑이 되었다,
작은어머니는 사흘 밤낮을 귀신처럼 돌아다녔다

폐허는 혼자 싱싱하다,
아기는 못물을 뺀 자리에 웅크리고 있었다

무너진 것들은 시끌벅적 고요하다,
아기는 그사이 조금 자라 있었다

못은 겨울밤이면 쩡쩡 울었다,

못가의 흰 찔레꽃이 향기를 내뿜었다

찔레꽃이, 옛집과 아기를
데려갔다

관해

촉목상심의 가을이다 눈에 닿는 것마다
슬픔 아닌 것이 없으니

촉, 자는 왜 이리 촉촉할까 촉, 자는 왜 이리도 착 와서
감길까 촉, 하고 말해보면 목이 젖어 따뜻해진다

그래도 슬픔을 가장한 감정들을 구분해낼 수 있다

슬픔을 가장한 감정들의 서글픔에 대해
생각해보느라
그 서글픔을 어루만지느라

하루를 다 보냈으니 촉, 자는 아픈 글자였구나

관해(觀海), 바다를 본다
바다를 보는 일처럼 알 수 없는 깊이를 바라보는 막막
함을

만져본다

모든 인간은

　완치라 하지 않고 관해(寬解)라 하는 섬세함과 야박함을
동시에 지니고 있으니

　관해와 완치는 쥐손이풀과 이질풀처럼 구별이 쉽지 않
다 생각하면 되겠구나

　그러니
　조금만 더 존재하자

구체적인 삶

기이하다 오래전에 나는 당신과 함께 모든 걸 나누었던 것 같다 같은 공간과 시간에서 서로에게 마음을 다했던 것 같다

왜 지금은 이토록 남인가 다른 생을 받으면 이렇게 다시 시작되는가

이전의 모든 생은 분명하고 또 어렴풋하다 모든 생에서 나는 나의 기억과 함께였는지도 모른다

어떻게 그런 걸 알 수가 있을까 당신은 지독한 타인이고 다음 생까지는 너무 멀다

언제나 다음 생을 믿을 만큼 나는 어리석었다

여기서 그쳐야 한다 끝이라는 말을 늘 생각한다 끝은 여러 생을 거쳐 행할 줄 모르는 습관이 생겨났다

끝은 끝끝내 오지 않아서 우리는 끝에 가닿을 수 없다

믿을 수 없다 끝이 없는 마음이 지옥인데도 죽어도 마음은 끝을 모른다 끝이 저 스스로 죽고 싶도록 아름답게, 처절하게 우리는

달리아의 붉음

달리아가 나를 자꾸 발견하는 가을입니다

달리아는 붉음이라는 중장비로 내게 굴진합니다 산책을 할 때마다 달리아가 나의 계측 방법을 결정하기 위해 신중을 거듭하고 있다는 사실을 어렴풋이 눈치챘습니다

누군가 달리아의 붉음을 지나치는 경솔함을 자주 보아왔기에 나만은 달리아 앞에서 겸손해지고 싶었습니다 말할 수 없는 붉음 앞에 매번 무릎을 낮추었습니다

나라는 유적의 굴진 탐사 결과 무엇이 나올지는 알 수 없습니다 나, 나, 나, 수없이 많은 내가 발굴될 테니까요

달리아는 나를 생포했습니다

그 붉음 앞에 멈추어 섰습니다 달리아는 내 심장을 스윽 찔러보고 당당하게 나를 쳐다봅니다 나는 달리아 앞에 무척 겸손해졌고 조금 어지러운 것 같습니다

달리아는 이제 구석구석 나를 파고들어 와 나는 피가 모자라게 되었습니다

달리아의 붉음은 매혹이라 하기엔 부족합니다 달리아의 붉음에 기대어 이 가을은 목에서 피 같은 사랑이 자꾸 발설됩니다

모슬포

팽나무 멀구슬나무 우묵사스레피 까마귀쪽나무로 인해
너는 조금 살아났다 섬의 나무들은 왜 사철 푸르게 일렁
이는지 산담과 밭담과 잣담의 낮고 구불구불한 검은색은
왜 저렇게 꿈틀거리는지

무모하고 지루한 열정 때문에 어디든 떠나야 했던 겨
울이었다 검은 돌 틈이나 포구에 버리고 와야 할 것이 있
었다

아왜나무 울타리를 두르면 더는 번져나가지 않으리라

당신은 한사가 침범하거나 어혈이 몰리는 이유로 가끔
가슴이 아프다 했다

모슬포에서 종달리까지 비바람이 몰아쳤다, 해가 났다,
무지개가 출몰했다, 눈보라가 날렸다, 다시 모슬포까지
멀구슬나무가 드문드문 나타났다

습기가 몸 안에 오래 머무르니 담이 생겨났다 울혈과도
같은 바람은 몸에 몹시 해로웠다 모슬포에서 바람은 내
흉곽의 안쪽으로 몰려와 머물렀다

자하문 밖

윤동주 하숙집을 지나 박노수 미술관을 지나 수성동 계곡으로 올라간다

서울의 한 부분을 내려다본다

우리는 사대문 안에 있다

비해당 집터 있던 곳이라고, 인문학적이고 문제적 인간 안평에 대해 열심히 이야기한다

마치 그가 나의 오랜 연인이었던 것처럼 말한다

그의 글씨와 그림과 고뇌에 대해 시냇물처럼 소곤소곤 많은 말을 쏟아낸다

컴컴한 북악을 바라보며 내 이야기를 듣는다

아무래도 사대문 안이 좋겠다고 한다 우리는 자하문 밖에 있다

별의 자리

별자리의 궁수며 말이며 염소며 전갈은 밤하늘에 떠 있는 것이 좋을까 물고기는 게는 어떨까 어느 날의 밤하늘은 고요하지만 왁자하니

골똘히 보아도 이름과 같지 않다 별들이 앉아 있는 저 의자를 살며시 치우는 게 좋겠다 그러면 별들의 간격이 훨씬 넓어질 테니 어디든 뛰어나갈 수 있을 테니

별자리가 더 이상 상상력을 간섭하지 못하도록 하자 오래전 별들을 묶어놓은 마음이 밤하늘을 환하게 수놓았지만 이젠 그 색실을 풀어봐야겠다

아직도 외로울 때면 별을 헤아리는 목동이 있을까 지구의 저쪽에서도 반짝이는 큰 별 목성이 잘 보일까

목성의 띠 같은 목도리를 두르고 난 추운 겨울밤 목성을 보았지

천문대의 하늘은 장엄하고 또 아름다웠다 페르세우스

이중성단 플레이아데스성단 초승달의 우툴두툴한 표면을
보았지 면사포 성운은 보지 못했다

 별에 면사포를 씌운 누군가를 질투하는 건 아니지만 난
거기서 자꾸 다른 게 보이지 거대한 나무와 그 아래 작은
악기들이 숨어 있는 것이

 그 커다란 우주목에 걸터앉아 별을 헤는, 목동이 아닌
어떤 한 사람을 나는 사랑하여 그를 별의 자리에 앉히려
하지 그는 밤하늘에 떠 있는 것이 좋을까

북위 60도

북위 60도에서 바라보는 달은 알 수 없는 고통을 불러
일으켰다 서늘한 공기와 함께 떠 있는 강철 같은 커다란
달에 나도 모르게 이를 꽉 물었던 것

내가 두고 온 도시의 달을 기억하지 않으려 한다
이 세계에는 수십억만 개의 독자적이고
고유한 달이 있을 뿐

당신은 북위 60도로 유배 온 나의 괴로움을 알지 못한다
라스콜리니코프와 소냐와 노파의 전당포가 있는 거리
를 현장검증하듯 차근차근 밟으며 돌아다니는
상트페테르부르크의 고독한 밤을 알 리 없다

심중의 검증이 필요할까 비켜 온 도시 상트페테르부르
크의 운하에서 억지로 웃는 사진을 찍어보며 어두운 물을
바라보는 정황이 낯설지 않다

북위 60도와 적도의 거리는 두 배 차이가 난다
이 사실은 무엇을 말해주는가

우리는 지구를 이런 식으로 차츰 깊게 이해하거나 오해
할 수 있다

나를 이런 식으로 간명하게 드러낼 수 있는 명제가 없
기를 바란다 너무 빨리 이루어져서는 안 되는 일들이 있
다 쉽게 잊어서는 안 되는 내일이 있다

우리가 말하지 못한 것은 무엇인가
이 오래된 북쪽 도시의 달은 기이하게도 크고 불길하고
아름다운데
나의 심장과는 먼 거리에 있는데

십일월

한밤
물 마시러 나왔다 달빛이
거실 마루에
수은처럼 뽀얗게 내려앉아
숨 쉬고 있는 걸
가만 듣는다

창밖으로 나뭇잎들이
물고기처럼
조용히 떠다니고 있다

더
깊은 곳으로

세상의 모든 굉음은
고요로 향하는 노선을 달리고 있다

색채감

이제 나는 거의 실제 세계를 의식한다 앞으로는 늘, 빈틈없이,라고 말하게 될지도 모르겠다

이른 봄의 새 연둣빛마다 마음을 빼앗기고 산자고 흰빛을 띤 연녹색에 매번 발걸음 멈추고 엎드렸다 푸른색은 항상 편애했고 초록색 크레용으로 태양을 그렸으며 검은색의 심연에 발을 들였고 에밀 놀데의 색채감에 매혹당했다

색채에 민감한 반응을 하게 된 것은 색채가 내게 감정을 투사했기 때문 내가 색채의 감정에 반응했기 때문이다 나의 내면이 색채를 불러들인 건 나중의 일이다

세상의 모든 빛과 색에 미혹당해도 그 빛이 하나의 색임을 알게 된 것은 기쁨이 아닌 슬픔에 가까운 감정이었지만 세상의 붉고 푸르스름하고 노랗고 흰 빛들이 나를 함께 나누어 가지도록 나는 기꺼이 허락한다

빈틈없는 현실 세계인, 세상의 높고 낮고 넓고 깊은 색의 심연을 나는 오래도록 바라본다

색채의 존재론
── 시적인 몸에 대하여

박동억
(문학평론가)

1. 반쯤 열린 존재

마음을 다해 세상을 등지려 해도 몸은 물러나지 않는
다. 몸은 세상에 드러난 채 상처 입고 피 흘리기를 중단하
지 않는다. 더 이상 슬픔과 고통에 시달리지 않겠다고 각
오할지라도 몸은 세계로 나아간다. 몸은 내던져져 있다.
자신을 보호하려는 마음의 중력과 세상으로 나아가는 몸
의 원심력 사이에서, 대결 같은 것은 벌어지지 않는다. 언
제나 승리하는 것은 몸이고 자명한 것 또한 몸이다. 그렇
기에 모리스 메를로-퐁티는 『지각의 현상학』에서 몸이란
'나'를 나로서 존재할 수 있게 하는 조건인 동시에 끝내 자
율적이지 못하게 만드는 것, 다시 말해 몸은 그 자체로 자
유인 동시에 노예라고 표현한다.

어쩌면 몸에 의해, 몸으로서 내던져진 자신으로부터 한 걸음 물러나기 위해 시가 탄생한 것은 아닐까. 시 쓰기는 몸과 동떨어진 자율적인 내면이 존재한다는 환상을 더듬어보는 손끝이 아닐까. 이러한 물음에 기대어 조용미 시인의 30여 년에 걸친 창작을 '몸으로부터 벗어나기 위한' 하나의 여정이라고 표현한다면 그의 시에 근접해갈 수 있을지도 모른다. 첫 시집『불안은 영혼을 잠식한다』(실천문학사, 1996)에서 시인이 문제 삼은 것은 "무거운 물방울 소리들"에 짓눌린 자신의 "둥근 영혼"(「불안은 영혼을 잠식한다」)이었다. 그는 자신의 몸을 사로잡는 고통을 "명백한"(「몸의 어딘가에」) 것이라고 표현했다. 시인은 시를 쓰는 동안 잠시나마 자신의 몸을 바깥에서 바라볼 수 있게 된다고 고백했다.

따라서 두번째 시집『일만 마리 물고기가 山을 날아오르다』(창비, 2000)에서 희구된 것은 낡은 몸을 버리고 새로운 몸을 획득하는 기적이었다. 자신의 고통에 초연해지려는 태도는 불교적 윤회의 심상과 포개어진다. 그러나 세번째 시집『삼베옷을 입은 자화상』(문학과지성사, 2004)과 네번째 시집『나의 별서에 핀 앵두나무는』(문학과지성사, 2007)에 이를 때까지 몸은 여전히 벗어날 수 없는 고통과 슬픔의 기원으로 표현되었다. 네번째 시집의 「큰고니」에서 아무리 발버둥 쳐도 벗어나지 못하는 슬픔이 있다고 시인은 쓴다. 그에게 몸은 슬픔의 주머니이고, 떨쳐

버리려 하지만 끝내 자신의 소유로 되돌아오는 족쇄이다. 따라서 시인이 아름다운 자연을 유랑할 때, 근본적으로 그의 자연서정시는 먼 풍경을 향해 자신을 내던지는 투신이나 운구였다고 표현해야만 할 것 같다.

이 위태로운 여정을 돌아본다면 다섯번째 시집 『기억의 행성』(문학과지성사, 2011)에서 이룬 전회는 놀랍게 느껴진다. 시집의 제목처럼 시인은 '기억'과 '우주'라는 두 측면에서 몸을 성찰한다. 여기서 교차하는 것은 한 사람을 기억의 집합으로 이해하는 시간적 관점과 성좌로 이해하는 우주적 관점이다. 이후 그는 몸을 수용하는 긍정적 전회를 이룩한다. "내 몸속 세포의 흐름이 저 물소리의 우주적 운율과 다르지 않아 또 몸에 귀 기울여야겠구나/이젠 몸을 떠나서 무엇을 할 수 있고 무엇을 알 수 있겠나 묻지 않는다"(「물소리에 관한 소고」)라는 시구는 분명히 '몸을 떠나지 않겠다'라는 의지를 표명하는 듯하다. 이때 몸은 '나의 소유'일 뿐만 아니라 이 '우주의 소유'이기도 한 것, 요컨대 수많은 우주적 운율이 통행하는 성좌에 비유된다.

그리하여 여섯번째 시집 『나의 다른 이름들』(민음사, 2016)에서 삶은 아름다운 것으로 선언될 수 있었다. "모든 것이 반복되어도 생은 아름답구나,//여러 생이 모여 높고 낮고 넓고 깊은 하나의 흡이 이루어질 것이므로"(「당신의 거처」)라는 표현처럼, 한 사람의 일생을 '여러 생이 모여' 이룩한 음계로 이해할 때 그것은 '아름답다'고 선언

될 수 있다. 하나의 생은 수많은 사람과의 기억으로 이룩된 성좌인 것이다. 나아가 일곱번째 시집 『당신의 아름다움』(문학과지성사, 2020)을 이루는 것은 타인을 향해 열려 있기에 아름다운 몸의 현상학이다. 이 시집은 근본적으로 자신을 견뎌낸 육체의 오랜 흔적과 그 견딤 이후에 타자와의 유대를 통해 획득한 하나의 '미학적 존재'를 표현한다. '나'를 홀로 견디지 않게 해주는 당신의 아름다움이 있다. 기억하는-기억되는 존재로서 사람은 시공간을 넘어서 나란히 몸을 견뎌낸다. 그리고 이러한 인식은 '나'뿐만 아니라 '당신'을 향한 이해를 위해서 확장해간다. "지구의 어딘가에서/나였던 누가 죽어가고 있는지"(「사랑의 비유」)라는 물음처럼 당신 또한 '나였던 누군가'로서 당신의 몸을 견뎌내고 있을 것이다.

연두의 돌쩌귀와 분홍의 경첩을 단 네 짝 여닫이문을 열고 그가 안쪽으로 들어왔다

한 사람만 허락할 수 있는 능수벚나무의 작은 방이라면,

띠살문의 불발기창으로 어른어른 사람들 지나는 기적이 났다

분홍의 주렴 안에 우리는 서 있고 연둣빛 리본은 봄
비처럼 두 사람 위로 내려왔다

새잎과 꽃잎 섞인 긴 가지가 눈동자를 잠시 흔들었던
순간을 두고

당신과 나는 능수벚나무의 바깥으로 나왔다

분홍의 자객이 이듬해에도 찾아올 거라 당신이 믿고
있어 이 봄은 더욱 짧아졌다
                                        ―「분홍의 경칩」전문

　지금까지 살펴본 맥락에서 새 시집은 '당신'과 '나'를 하
나로 묶는 관능적인 순간을 재현한다. 여기서 능수벚나무
를 사랑에 대한 공간적 비유로 읽어도 좋아 보인다. 사랑
은 오직 한 사람을 위한 '작은 방'이며, 당신을 초대하는
순간 세상 모든 이는 저 바깥의 기척에 지나지 않는다. 능
수벚나무 안에서 두 사람은 서로만을 본다. 그리고 이 순
간을 "이듬해에도" 반복할 것이라고 믿게 될 때, 사랑은
시공간에 대한 감각조차 분홍빛 설렘으로 물들이는 것이
다. 사랑은 세상에 대한 감각마저 뒤바꾼다. "분홍의 자
객"이라는 시어는 사랑이 내포한 치명적 긴장을 암시한
다. 불현듯 사랑은 세상에 대한 감각을 뒤흔든다.

조용미 시인에게 존재는 반개(半開)된 것, 즉 절반은 '나'이고 절반은 타인과 얽혀 있는 공간으로 비유된다. 무엇보다 사랑은 두 존재를 결속하는 강력한 계기이다. 그리고 이전의 시집들이 어떠한 계기로 인해 이미 '당신이었던 나'와 '나였던 당신'으로서 얽혀 있는 존재를 주목했다면, 새 시집은 이제 그 얽힘의 기원이 되는 관능적 순간을 묘사하는 것으로 시작한다. 그렇다면 이 시집 또한 그러한 맥락의 연장선에서 '나'를 열어 당신을 맞이하는 포즈로 이해할 수 있을까.

　그런데 사랑으로의 몰입이라는 이 주제를 음미해볼 필요가 있다. 여기 표현된 것은 사랑의 역설, 오직 두 사람으로 완성되는 공동체의 역설이라고 할 수 있다. 이 작품에서 당신을 제외한 사람들을 저 바깥에 놓아둘 때, 그것은 오직 당신과의 추억을 제외한 모든 것과 단절하는 과정인 것은 아닐까. 현상학자 가스통 바슐라르는 『공간의 시학』에서 묻는다. "그런데 문을 여는 사람과 문을 닫는 사람은 똑같은 존재인가."* 마찬가지로 이 작품이 당신을 향해 '자신을 여는' 순간인 동시에 불특정의 누군가를 향한 우주적 존재론과 결별하여 '자신을 닫는' 과정으로도 독해될 수 있다는 사실은 의미심장하다. 이번 시집에서 음미할 것은 당신을 초대하는 동시에 타자들에게서 벗어나려 하

---

* 가스통 바슐라르, 『공간의 시학』, 곽광수 옮김, 동문선, 2003, p. 374.

는 듯한 이 이중의 포즈인 셈이다.

2. 마음의 음영과 농도

색채는 이번 시집의 핵심적인 모티프이다. 더 정확히 말해서 색상보다 중요하게 다뤄지는 것은 색의 명도와 채도이다. 우선 색채가 부각한다는 것은 타자와 밀착한 피부로서 세상을 감각하기보다 미적 거리를 두고 있음을 암시한다. 표제시 「초록의 어두운 부분」에서 "녹색의 감정" "숲의 감정"과 같이 색채를 감정의 비유로 삼은 표현에서 시인이 미적 거리를 두고 있는 대상은 바로 자신의 감정이라고 유추할 수 있다. 더 정확히 말해서 표제시에서 '초록'은 두 사람이 '우리'로서 얽히기 때문에 발생하는 감정의 색채를 뜻한다. 그리고 시인은 "녹색의 감정에는 왜 늘 검정이 섞여 있는 걸까"라는 물음을 통해 '우리'의 관계가 순탄한 것이 아님을 암시한다. 이 때문에 자신의 불안, 즉 "연둣빛 어둑함"을 바라보며 시인은 위염을 앓기도 하고, 우레와 폭우에 흔들리는 숲을 "검은 초록"으로 느끼기도 한다.

당신을 받아들인다는 것은 훗날 당신의 부재 또한 겪게 된다는 의미이기도 하다. 그렇기에 시인은 "살구나무 그림자에 누군가의 마음이 어룽댄다"(「봄의 정신」)라고 쓴

다. 그림자로 남은 누군가는 필연적 상실을 떠올리게 한
다. 또한 당신을 받아들인다는 것은 당신과의 추억을 빛
이 바랠 때까지 간직한다는 의미이기도 하다. 그렇기에
시인은 "죽단화가 바람에 흔들리면서/노란색이 마구 번
진다/저것도 영영 아름답지는 않구나"(「노란색에 대한 실
감」)라고 쓴다. 노란색의 채도는 추억의 순도를 뜻한다.
결국 당신과의 관계는 언젠가 잃어버리게 되거나 흐릿해
질 것이다. 색채의 명도와 채도는 관계의 온전한 정도를
의미하는 것이다.

> 언제나 생백의 달이 가장 밝아 보이는 건
> 막 시작된 사라지려는 의지의
> 가열함 때문이다
>
> 우주에 갇혀 사라지고 있는
> 빛처럼 우리는
> 희미해지고
>
> 태산목은 갈색 털이 많고
> 높은 흰색
> 향기를 준다
>
> 다른 장소에 도착할 때마다

각각

다른 감각이 필요하다

—「다른 장소」부분

결국 언젠가는 잃거나 빛이 바랠 것이기 때문에 지금이
가장 찬란한 순백이다. 저 달과 우주에 비하면 사람의 광
채는 짧다. 그렇기에 사람의 빛은 간절한 것이고, 사람은
빛에 간절해지는 것이다.「다른 장소」에서 주목해야 할 것
은 저 달이나 우주의 광채가 아니라, 태산목을 "높은 흰
색"이라고 표현한다는 사실이다. 사람처럼 언젠가 희미해
지고 말 저 태산목의 백색이야말로 시인에게는 '높은' 것
이다. 그 이유는 "사라지려는 의지"를 받아들이고 나서야
생명의 광채가 소중히 다뤄질 수 있기 때문일 것이다. 이
제 시인이 사색하는 것은 모든 존재가 별자리처럼 서로
얽혀 있다는 우주적 존재론이 아니다. 개개의 존재가 서
로 다른 명도와 채도로 간직된다는 사실, 그렇게 "각각/다
른 감각"을 환기하는 색채의 존재론이다.

지속하는 것은 사람은 사람에 의해 간직된다는 믿음이
다.「금몽암」에서 쓰듯 "이곳의 들숨과 날숨, 이곳의 밀물
과 썰물, 이곳의 마음과 마음, 이곳의 한기와 온기 사이"
야말로 시인이 가장 먼저 들여다보는 장소이다. 또한 그는
"무수히 많은 곳에서 무수히 많은 욕망과 아름다움이 잠
복해 있다 우리를 다치게 한다"라고 쓴다. 이처럼 시인의

정신은 '이곳'과 '무수히 많은 곳' 사이를 산보한다. 우리가 '이곳'으로부터 '무수히 많은 곳'을 지나칠 수밖에 없다는 것, 끝내 서로의 손을 놓치거나 잃어버릴 것이라는 인식 속에서 조용미의 시간 인식은 산출된다. 마음은 '이곳'에 머물러 있지만, 몸은 '무수히 많은 곳'을 전진하며 낡아간다.

다만 기억의 명도와 채도는 변화한다. 시간의 명암은 마음과 몸의 낙차 때문에 만들어진다. 마음이 머물러 있기에 과거는 존재하고, 몸이 끝없이 나아가리라는 자명성 속에서 미래는 확신된다. 이 현상학적 시간 이해에 기대어, 시인의 입안에서 느껴지는 '피'가 어째서 "나를 전적으로 요구하는 이 단호함"(「검은 맛」)으로 표현되는지도 유추할 수 있다. 피는 그 자체로 역설이다. 그것은 살아 있음의 증거인 동시에 삶의 마지막에 예비된 '검은 맛', 즉 필연적인 상실의 방향을 예감하게 만드는 물질이다. 따라서 이 시집에서 육체의 진정한 색채는 검은색이다. 간직된 마음의 광채와 낡아가는 육체의 그늘 사이에서 상실은 거스를 수 없는 것으로 인식된다. 그렇다면 "과거가 돌이킬 수 없이 달라지려면 현재가 얼마나 깊어야 하는 걸까"(「격벽」)라는 반문의 의미도 해명할 수 있다. 현재의 그늘을 깊이 응시할수록 저 과거는 순도 높은 것으로 상기되고 간직되어야 하는 것이다.

3. 색채의 존재론

'나'와 세상 사이에 몸이 있다,라는 이 명백한 사실을 통증으로 받아들이던 문법으로부터 벗어나 '나'와 세상 사이에 색(色)을 놓아둘 때 얻게 되는 시야는 무엇일까. 앞서 논의했듯, 색을 시인이 느끼는 감정으로 이해할 때, 먼저 의식할 수 있는 것은 성찰적 거리이다. 시인은 고통이나 관계 자체에 대한 즉각적인 발설을 행하는 대신 자신의 마음을 색채로서 거리를 두고 풍경화한다. 한편으로 그는 자신의 감정을 자연화하고 있는 듯하다. 세상에 색이 존재한다는 자명한 사실처럼, 시인의 의식 속에서는 자신의 감정이 자연물의 색채만큼이나 자명한 것으로 인지되는 것이다.

> 나무가 나의 병을 근심한 걸까
> 내 얼굴 어두워
>
> 어떤 마음의 작용으로
> 나무와 나는
> 같은 기와 색을 가지게 된 걸까
>
> 매화와 나는 밝은 그늘이 필요하다

천천히 바라볼 운명이

필요하다

고요한 색들은 어디서 오는 걸까

왜 향기를 데리고 오는 걸까 왜 마음에 와서

꽃받침처럼 겹쳐지는 걸까

———「매화서(書)」부분

매핵기는 어디로부터 오는가

매핵기로 인해 나를 이해하게 되는 일이란,

목에 가래가 있는 듯한 느낌이 억눌린 감정을 밖으로

표현하지 못해 생긴 심화와 칠정울결이 그 원인이라니

매실 씨앗으로부터 나를 구해내야 한다

———「매핵기(梅核氣)」부분

   두 편의 시 「매화서(書)」와 「매핵기(梅核氣)」는 이전 시집
『기억의 행성』에서 시인이 재현한 "사백오십 년 묵은 산매
화"라는 제재를 공유한다. 「탐매행」에서 시인은 깊은 산
속에 감춰져서 누구도 발견하지 못한 산매화를 찾아가는
기쁨을 그린다. 이어서 『당신의 아름다움』의 「탐매」에서
는 자신뿐만 아니라 낯선 이도 매화나무를 찾아온다는 사

실을 깨닫게 되는 사건을 그린다. 한편 이번 시집의 「매화
서(書)」에서 시인은 매화와 자신이 닮아버렸다고 말한다.
매화를 바라보며 마음을 다잡는 순간이 쌓여 "나무가 나
의 병을 근심"하는 듯한 기분까지 들었을 때, 나무와 '나'
는 같은 기운과 색채를 가지게 되었다는 것이다.

'나'와 나무가 서로 돌본다라는 표현과 '나'와 나무의
색채가 닮았다는 표현에는 어떠한 차이가 있을까. 「매화
서(書)」에서 시인은 "매화와 나는 밝은 그늘이 필요하다//
천천히 바라볼 운명이/필요하다"라고 쓴다. 요컨대 '병'이
나 '근심'과 같은 어휘가 떠올리게 하는 인과적인 사건과
달리 색채는 '천천히 바라볼 수 있는 운명'이다. '운명'이라
는 단어 속에서 우리는 시인이 좀더 넓은 시야로 자신의
삶을 관조하려 함을 깨닫는다. 즉 "밝은 그늘"과 같은 명
도의 비유는 자신의 아픈 몸과 정신을 거리 두고 성찰할
수 있는 미학적 시야 전환인 셈이다.

마찬가지로 「매핵기(梅核氣)」에서도 시인은 "매핵기로
인해 나를 이해하게 되는 일"에 대해서 말한다. 매화나무
를 바라보는 것, 자신의 억눌린 감정을 목에 틀어박힌 매
화씨처럼 느끼는 것은 단순히 지금 시인의 마음속에 울분
이 존재한다는 사실만을 뜻하지 않는다. 시인의 마음속에
일어나는 화를 비롯한 감정은 목에 걸린 씨앗처럼 자명하
다. 그 자명함으로부터 "나를 구해내야 한다"고 그는 느끼
는 것이다. 매화나무 연작에서 매화나무는 시인이 자신의

감정을 '멀리서' 보는 동시에 그것에 '사로잡혀' 있다는 감각을 표현하는 매개로 판단된다. 따라서 매화나무를 통해 나를 이해한다는 것이란 '나에게 이입하는' 것으로부터 '나를 관조하는' 상태로의 이행으로 해석할 수 있는 셈이다.

> 보고 있는 것을 생각으로 옮기지 않을 수 있을 때
> 강력한 내면을 가지게 되는 걸까
>
> 겨울은 기억의 잔상으로 채워지는
> 침묵을 통과하고 있다
>
> 비유가 가장 긴 봄을 감당하길 바라는 것,
>
> 봄 뒤에 겨울이 다시 오는 것을
> 견디는 것,
>
> 말한 것을 생각으로 옮기지 않을 수 있을 때
> 유연한 내면을 가지게 된다
> ──「테라스의 포석들」 부분

또 하나의 가능성은 시인이 추구하는 것이 '말하고 생각하는' 주체를 반성하고 그저 '바라보는' 주체를 입안하는 철학적 시도에 가깝다는 사실이다. 사람은 누구나 세상을 규정하고 사색한다. 그것은 사람이라면 그렇게 행한다는 인지도 없이 수행되는 자동적인 의식이다. 그런데 시인은 "보고 있는 것을 생각으로 옮기지 않"는 판단중지를 통해 어떠한 내면이 가능할지 반문한다. 또한 그는 인간의 자연스러운 양식인 '말' 또한 포기할 수 있는지 되묻는다. 인간 의식의 자명한 원리를 '중지함으로써' 강력하고 유연한 내면이 가능해진다는 믿음까지 표현된다. 이것은 마치 판단중지를 통해 세상을 더 순수하게 인식할 수 있다고 믿었던 현상학적 고뇌와 맞닿는 듯하다.

　말하지 않을 수 있을 때 탄생하는 '유연한 내면'이란 무엇인가. 「테라스의 포석들」은 색채의 존재론을 입안하기 이전에 시인이 수행한 사색을 보여주는 작품일지도 모른다. 또한 장 그르니에의 『섬』을 모티프로 삼은 작품이기도 하다. 알베르 카뮈는 『섬』의 주제가 "끝내 이르게 되는 항구는 어디일까?"라는 한 문장으로 축약될 수 있다고 말한 바 있다. 마찬가지로 시인이 『섬』을 읽으며 사색한 것이 '끝내' 자신이 이르게 될 내면의 형상이라면, 생각으로 옮기지 않은 채 '보고 있을' 뿐인 존재론은 조용미의 시 최후에 놓이는 하나의 주체를 예시하고 있을지도 모른다.

4. 오롯한 '나'

　이쯤에서 해설의 첫 절에서 제기했던 물음을 음미할 수 있겠다. 조용미 시인이 표현하는 존재의 형상은 자아를 열기 위한 것인가, 닫기 위한 것인가. 서술 그대로 읽어나갈 때 시인이 택한 것은 '받아들이는' 자세이다. 예컨대 이 시집에서 육체는 듣기 위해 사용된다. "몸에 납작하게 붙어 있거나 볼록 드러나 있는/귀는 뾰족하지 않고 모나지 않고/둥글다/둥근 소리들이 잘 들어오는 귀"(「귀」)라는 표현에서 둥긂이란 균일함이다. 둥긂은 손을 뻗었을 때 언제든 똑같은 거리와 속도로 당신에게 닿을 수 있다는 것이다. 둥긂이란 다정함이다. 당신의 손이 닿았을 때 상처 입지 않도록 부드럽게 내준다는 것이다. 마찬가지로 '나'의 삶을 이루는 기억의 근원은 '당신'이다. "수없이 많은 내가 수없이 많은 곳에서 당신의 뒷모습을 어루만진 기억을 아직도 살아내고 있고, 있고"(「나의 뒷모습」)라는 시구처럼 말이다. 기적처럼 "알지 못했던 사막의 기후가/몸으로 변하는 일" 그리고 "알지 못했던 과거가/현재가 되는 일"(「사막의 형식」) 또한 일어난다고 시인은 믿는다.

　그런데 "내가 두고 온 도시의 달을 기억하지 않으려 한다/이 세계에는 수십억만 개의 독자적이고/고유한 달이 있을 뿐"(「북위 60도」)이라는 문장에는 어떤 단념 또한 내포되어 있다. "대체 손에 쥐고 내 것이라 말할 수 있는 것

이 있는가"(「은행잎이 머리 위로 떨어질 때」)라는 시인의
반문과 맞닥뜨리는 것이다. 우리는 이러한 진술에 내포한
아이러니까지 숙고해야 한다. 술어적으로 이는 세상을 '내
것'인 양 함부로 다루지 않으려는 조심스러운 태도를 의미
한다. 그런데 어떤 의미로 이 진술은 세상과 손을 맞잡는
그 위험천만을 충분히 겪어보았다는 결론, 그 이후에 이
제 오롯이 '나'이고자 하는 하나의 선언처럼 보이기도 한
다. 이를테면 시인은 「파초잎에 숨다」에서 "저 파초잎 아
래라면 내 마음을 숨길 수 있겠다"라고 쓴다. 더 나아가
"얼룩도 무늬도 없는 파초잎/잡고 누르면 가느다란 소리
를 내며 실처럼 갈라지는/그 소리에 왜/부끄러움을 느껴
야 하는가"라고 반문하며 자기 성찰로 향한다.

　　그것은 새싹처럼 돋아났다 한 줌도 되지 않았다 바람
　이 지나다가 한 줌도 되지 않는 그것을 보게 되었다

　　뾰족뾰족 잎이 막 돋아나고 있었다

　　연하고 부드러운 새잎이었다 바람이 자그마한 잎들
　을 쓰다듬자 그것은 쑥쑥 한꺼번에 자라났다

　　잎을 틔우고 가지를 뻗었다 커다란 나무로 무성하게
　자라나 불의 숲을 이루었다

신이 간섭하지만 않았더라면

어디까지 자라났을지

알 수 없었다

———「불의 숲」 부분

   높은 가지 흰 꽃들 뭉클뭉클한 저 아까시나무로부터 일곱 발자국, 깊은 초록을 꼭짓점까지 끌어 올린 나무의 박동은 내 심장 소리보다 낮다

   처음인 듯 저 꽃의 열락과 맞닥뜨린 나의 심장은 무겁게 뛰는데 향기에 덜컥 호흡이 가빠진 것인가

   숲의 가장자리를 뚫고 들어오는 빛의 뾰족한 줄기들이 나를 포위했다 어둠과 빛의 무늬를 수없이 반복하는 패류 화석층 같은 긴 띠들

   빛과 대치 중인 내 몸은 앞뒤 다 캄캄하여 이 숲의 화려함과 섞이지 못한다 이 봄 초록의 성분은 왜 나의 고난보다 희미한가

   쏟아지려는 뜨거운 피를 지그시 누르며 나는 일어선다

   나무의 심장은 연약하다 나는 내 무용한 뜨거움을 조금 덜어내어 나무에게 준다 나누어 가질 수 없는 것을

———「초록의 성분」 부분

존재는 오롯이 존재일 수 있을까. 「불의 숲」을 살펴보자. 만약 몸이 없었다면, 생명이 오롯이 마음을 다해 생명일 수 있다면 저 연하고 부드러운 새싹은 어디까지 자랄 수 있었을까. 작은 새싹이 돋아나 숲을 이루는 과정을 곧 불이 타오르는 이미지로 연상한 뒤 "신이 간섭하지만 않았더라면/어디까지 자라났을지/알 수 없었다"라고 시인은 말한다. 더 나아가 「초록의 성분」에서 시인은 저 높은 아까시나무의 심장박동은 자신의 심장 소리보다 '낮은' 것이라고 표현하기도 한다. 반대로 말해 시인이 꿈꾸는 존재의 박동은 얼마나 '높은' 것인가. 만약 몸이 없다면, "나의 고난"과 "쏟아지려는 뜨거운 피"를 이겨낼 수 있다면 '나' 또한 어디까지 자라났을지 알 수 없다.

따라서 시인의 시선은 근본적으로 존재의 색(色)을 향한 것이 아니다. 색은 세상과 얽히고 세상을 견디면서 쌓이는 총천연색의 관계성을 함축한다. 그리고 어쩌면 시인이 바라는 것은 그러한 색채의 세계를 넘어서 획득하는 투명한 몸, 몸에 구속되지 않는 몸이 아닐까. 그렇기에 "슬픔도 기쁨도 아닌 봄이라면 이젠 퍽 멀리 온 것이다"(「분홍의 감정」)라는 진술은 가능하다. 그가 떠나기를 바라는 장소는 자신의 마음이고, 도착하기를 바라는 먼 곳은 슬픔도 기쁨도 존재하지 않는 무채색의 마음이다. "세상의 모든 굉음은/고요로 향하는 노선을 달리고 있다"(「십일월」). 시인이 홀연히 떠나 닿기를 바라는 장소는 다채로운 존재의 색채 너머에 있는 투명함, 즉 고요이다.

　　이제 나는 거의 실제 세계를 의식한다 앞으로는 늘,
빈틈없이,라고 말하게 될지도 모르겠다

　　이른 봄의 새 연둣빛마다 마음을 빼앗기고 산자고 흰
빛을 띤 연녹색에 매번 발걸음 멈추고 엎드렸다 푸른색
은 항상 편애했고 초록색 크레용으로 태양을 그렸으며
검은색의 심연에 발을 들였고 에밀 놀데의 색채감에 매
혹당했다

　　색채에 민감한 반응을 하게 된 것은 색채가 내게 감
정을 투사했기 때문 내가 색채의 감정에 반응했기 때문
이다 나의 내면이 색채를 불러들인 건 나중의 일이다

　　세상의 모든 빛과 색에 미혹당해도 그 빛이 하나의
색임을 알게 된 것은 기쁨이 아닌 슬픔에 가까운 감정
이었지만 세상의 붉고 푸르스름하고 노랗고 흰 빛들이
나를 함께 나누어 가지도록 나는 기꺼이 허락한다

　　빈틈없는 현실 세계인, 세상의 높고 낮고 넓고 깊은
색의 심연을 나는 오래도록 바라본다
　　　　　　　　　　　　　　　　　—「색채감」 전문

이로써 이 시집의 마지막에 제시되는 풍경이 "빈틈없는" 것이라는 점은 조용미 시인의 존재론이 나아가는 귀결과 맞닿아 있다. 시인이 인지하는 "실제 세계"는 곧 시인 자신의 감정이라고 보아도 좋을 것이다. 이 작품에서 표현주의 화가 에밀 놀데가 언급되는 것은 의미심장하다. 아도르노가 『미학이론』에서 표현주의 회화의 미학적 본질을 '이차적인 자연주의'라고 규정했듯, 표현주의 화가는 자연을 제멋대로 변형하는 데 반해 자신의 감정만은 함부로 변형할 수 없는 실재처럼 다룬다. 마찬가지로 조용미에게 그의 감정은 "빈틈없는 현실 세계"이다. 색채화된 감정은 곧 스스로 바꿀 수 없는 기질이고 '나'를 오롯이 나일 수 있게 해주는 조건이다.

'바라본다'라는 마지막 단어를 곱씹어본다. 무엇보다 시인은 "세상의 높고 낮고 넓고 깊은 색의 심연을" 오랫동안 바라본다고 쓴다. 여기서 구분해야 할 것은 '색'과 '색의 심연'이다. 사람은 누구나 삶 속에서 자신의 색을 깨닫는다. 자신과 타인을 구별하는 이채로움을 확인한다. 그런데 시적인 고뇌는 주어진 삶 너머를 몽상할 수 있다는 사실에 기대어 탄생한다. 주어진 우리 자신의 존재로부터, 더 높고 낮은 존재를 몽상할 수 있다는 사실, 더 넓고 깊은 존재를 몽상할 수 있다는 사실이 고뇌이다. 따라서 시 쓰기는 언제나 이 빈틈없는 현실의 심연을 발견하며 존재를 심문

하는 실천이다. 이 순간 시인이 닿는 풍경은 '하나의 색'이고, 그가 얻은 깨달음은 저 수많은 광채가 서로 나눔으로써 이루어진다는 것이다. 그 풍경을 향해 시인은 나란히 선다. 빛과 색의 자세는 간명하다. 뒤돌아서지 않을 뿐이다. 다만 저 너머의 색채로부터 눈 돌리지 않는 것이다.